I0546859

LA LIBERTÉ

PROTÉGÉE

PAR LES ARMES

ET

LES ÉDITS DU ROI,

POÉME.

. . . . . *Toto surget gens libera mundo.*
Virg. Egl. VI.

A NANCY,

De l'Imprimerie de CLAUDE LESEURE.

M. DCC. LXXIX.

Sovs le titre de ce Poëme, l'Auteur a voulu comprendre les avantages de la guerre préfente & ceux de l'Edit qui vient d'affranchir tous les Serfs de main-morte dans les Domaines du Roi. L'Auteur finit par des regrets fur la mort de Mr. de Voltaire, qui dans les dernieres années de fa vie a tant écrit, tant follicité contre cette servitude en faveur des payfans du Mont - Jura.

LA LIBERTÉ
PROTÉGÉE
PAR LES ARMES
ET
LES ÉDITS DU ROI,
POEME.

Quel bruit s'eſt fait entendre aux confins de la terre?
Les Vaiſſeaux de LOUIS, armés de ſon tonnerre,
De l'Amérique en feu vengent l'embraſement,
Et des Mers aux Anglais enlevent le trident.
Le généreux Français, las d'une paix oiſive
Qui ſembloit comprimer ſon ame trop active,
Ne goûtant qu'à regret le ſommeil des Héros,
Au premier cri de Mars s'élance ſur les flots.
Il s'agite, il frémit, la Nation entiere
Veut ſe précipiter ſur ſa Rivale altiere,
Abaiſſer ſon orgueil & briſer de ſes mains
Un Coloſſe, long-tems formidable aux humains.

O Vents ! favorifez une caufe fi jufte !
Océan ! courbe - toi fous une Flotte augufte
Qui déclare la guerre à tes Ufurpateurs !
Chéris le pavillon de tes Libérateurs !
Porte les triomphans fur la rive féconde
Où la Terre encor Vierge enfante un meilleur Monde !
Vois un nouvel Empire, élevé fur tes bords,
Te couvrir de Vaiffeaux, t'environner de Ports ;
Vois croître fous tes yeux d'heureufes Républiques ;
Vois renaître les mœurs des Siecles héroïques ;
Vois la Gloire, planant au - deffus de Bofton,
Réveiller l'Amérique & l'Europe à fon nom !

Allez, braves Guerriers, rendez Neptune libre.
Le Commerce & la Mer demandent l'équilibre :
Entre les Nations partagez leurs tréfors,
Mais de votre valeur modérez les tranfports :
Des Bacons, des Newtons refpectez la Patrie,
Refpectez le berceau de la Philofophie ;
N'allez pas renverfer, en brifant fes remparts,
Ni le temple des Loix, ni le temple des Arts ;
Gardez - vous une Emule en génie, en courage,
Souvenez - vous de Rome & confervez Carthage.

Anglais, trop éblouis d'une profpérité,
Et le fruit & l'écueil de votre liberté,
Vous verrez fuir ailleurs cette immenfe richeffe
Qui de vos nobles Loix corrompoit la Sageffe ;

Mais ces Loix resteront : Anglais, c'est par vos Loix
Que vous fûtes long-tems & Citoyens & Rois :
Vous le serez encor.   Tout périt, tout s'altere ;
Les monumens des Arts meurent dans la poussiere ;
D'opulentes Cités sont en proie aux Volcans ;
Tout l'or des Nations est à leurs Conquérans ;
Courbé sous sa vieillesse un Empire succombe ;
De l'Atlas, du Taurus la Mer creuse la tombe :
Les Loix, les bonnes Loix peuvent survivre à tout,
Tandis que tout s'écroule, elles restent debout
Au milieu des débris des marbres & des bronzes.
C'est ainsi que la Chine, en dépit de ses Bonzes,
En dépit du Tartare, a conservé ses mœurs,
Et plié sous ses Loix le fer de ses Vainqueurs.
Ainsi du Monde entier l'antique Capitale,
Après avoir péri sous les coups du Vandale,
Regne encor par ses Loix, & tout le genre humain
Est encore jugé par le Sénat Romain.

Les Loix font des bienfaits, les conquêtes des crimes.
LOUIS, quoique Vainqueur, adopte ces maximes,
Et par d'heureux Edits ranimant ses Etats,
Il rachete le sang versé dans les combats.
Tandis que ses Vaisseaux, respectés sur les ondes,
Du Despotisme Anglais, délivrent les deux Mondes,
Etendant sa justice au peuple des hameaux,
D'un plus dur esclavage il sauve ses Vassaux.

Sa main, en recueillant les palmes triomphales,
Brife les derniers nœuds des chaînes Féodales : (1)
Tombez, fers odieux, forgés depuis mille ans,
Forgés par l'ignorance au fiecle des Brigands !

O révolution ! ô jour propice au monde !
O fublime Raifon ! ta lumiere féconde
En approchant du Trône en augmente l'éclat.
L'exemple du Monarque eft la loi de l'Etat :
Tous ces Nobles, ces Grands dont la foule contemple
Les vertus de L O U I S, vont fuivre fon exemple.
De leurs Cultivateurs ils vont combler l'efpoir,
Et par le même don fignaler leur pouvoir :
Ils parlent. . . . dans leurs champs la fervitude expire,
Cérés à fes Enfants recommence à fourire,
De la propriété l'empire eft rétabli,
Et le regne des Goths eft enfin aboli !

Je ne verrai donc plus le pauvre en fa chaumiere,
A d'éternels travaux condamné fans falaire,
Sur un fol étranger confumer pour autrui,
De beaux jours que le Ciel fembloit faire pour lui. (2)

---

(1) Édit qui affranchit du droit de Main-morte tous les
Serfs des Domaines du Roi.
(2) Dans quelques coutumes de Main-morte les Payfans
étoient obligés de travailler deux jours de la femaine pour leur
Seigneur, dans d'autres, trois jours.

Je ne verrai donc plus la couche nuptiale
Soumife à la rigueur de la loi Féodale ;
La Nature & l'Hymen outragés à la fois,
Et la pudeur contrainte à racheter fes droits. (3)

Je ne verrai donc plus d'induftrieux Efclaves,
S'expatriant en vain pour quitter leurs entraves,
Trainer leur chaîne même au bout de l'Univers
Et ne pouvoir laiffer à leurs fils que leurs fers. (4)

Je ne verrai donc plus l'Orphelin en bas âge,
Chaffé de fa cabane & de fon héritage,
Nud, dépourvu de tout, expirer fans foutien
A la porte d'un Maître enrichi de fon bien. (5)

Peuples ! relevez-vous : relevez vos mazures :
Exercez dans les champs vos mains libres & pures :
Les Maîtres de la terre ont ceffé d'être ingrats ;
Des liens de la Glebe ils dégagent vos pas ;

---

(3) L'abfurde & ridicule coutume de *jambage*, de *cuiffage*, &c.
(4) Lorfqu'un efclave de Main - morte quittoit fon féjour natal pour fe tranfplanter ailleurs, il reftoit toujours efclave de fon Seigneur, & fes parens ne pouvoient hériter de lui : Si le fils d'un efclave de Main-morte étoit abfent de la maifon paternelle un an & un jour, à la mort de fon pere il étoit exclus de tout fon bien. Dans quelques coutumes le Seigneur, à la mort de fes efclaves, avoit le droit de préléver fur l'héritage les meilleurs beftiaux & les meilleurs meubles.
(5) Voyez les Mémoires pour les Serfs du Mont-Jura.

Ils ne s'oppofent plus au cours de l'induftrie
Et la France par-tout fera votre Patrie.
Ne craignez plus les dons de la fécondité,
Vos fils feront auffi fils de la Liberté.
Ce jour de vos deftins a corrigé l'injure,
Ce jour a confolé la trifte Agriculture !

Liberté ! ton nom feul embellit tous les lieux.
Ainfi quand le Printems defcend du haut des Cieux,
Tout s'anime, tout s'ouvre à fa douce influence,
Les germes créateurs reprennent leur puiffance,
La terre les reçoit dans fon fein rajeuni,
Sur fa riche furface ils croiffent à l'envi,
Et par les promts bienfaits d'une flamme invifible
Tout redevient fécond, tout redevient fenfible.

Cette flamme s'éteint dans la captivité :
Voyez le Grec rampant & le Turc hébété :
Leur Patrie, autrefois fi fertile en richeffes,
A de lâches Mortels refufe fes largeffes.
A la voix des Spahis, à l'afpect des Agas,
Les arts en foupirant ont fui de ces climats.
L'horrible Defpotifme a flétri ce rivage
Et le plus vafte Empire eft un défert fauvage.
Tel on nous a décrit ce Pole inhabité
D'où le char du Soleil s'écarte épouvanté,
Où les affreux Hyvers ont fixé leur empire,
Où le Néant commence, où la Nature expire :
Des frimats éternels, d'éternels ouragans,

9

Des Montagnes de neige & des Glaçons flottants,
Tout inspire, tout peint l'horreur la plus profonde,
Tout montre au Voyageur le cadavre du Monde. (6)

    Malheureuse Pologne ! ô séjour dévasté
Et par la servitude & par la liberté,
Où l'État avilit ceux qui le fertilisent,
Où l'État agrandit ceux qui le tyrannisent,
Où contraints de céder aux Nobles tous leurs droits,
Le Monarque est sans Peuple & le Peuple sans loix :
Tes yeux s'ouvrent enfin aux clartés de notre âge
Et tu viens d'adoucir les maux de l'esclavage.
Descendue à tes cris, aux cris de la pitié,
La Loi, de tes malheurs réparant la moitié,
Contre les attentats de la Noblesse altiere
Place autour de l'Esclave un rempart salutaire. (7)
Le Sarmate renaît : sans répandre de sang
Il reprend dans le Nord son légitime rang.
Par ses Loix STANISLAS illustre sa couronne,
Une seconde fois il mérite le Trône.

    Le Monde doit un Trône à ses Législateurs,
L'Esclave doit un Temple à ses Libérateurs.
Victorieux d'Alger & des Peuples barbares,
Des côtes du Midi déprédateurs avares,

---

  (6) Voyez les derniers voyages de Cok.
  (7) Le Code nouveau du Chancelier Zamoisky. Son objet
est d'adoucir la servitude des Paysans de Pologne & de les pro-
téger contre les violences des Nobles.

Charles-Quint s'empreſſa de rompre les liens
Dont la Race infidele accabloit les Chrétiens. (8)
De la Religion ce jour parut la fête :
Que d'acclamations payerent ſa conquête !
Trente mille Captifs , ſauvés d'un joug cruel,
Voyageant dans l'Europe en ordre ſolemnel,
Élevant vers les Cieux des mains reconnoiſſantes ,
Étalant les débris de leurs chaînes péſantes ,
Du Vainqueur en tout lieu groſſirent les exploits
Et de la Renommée enflerent les cent voix.

O LOUIS! ta victoire eſt encore plus belle.
Si tu n'as pas ſoumis le Pirate infidele ,
Tu viens d'exterminer un Monſtre plus cruel ,
Ce Deſpotiſme affreux qui ſe crut éternel.
Le ſang ne ternit point une gloire ſi pure :
Tracé par l'équité , dicté par la nature ,
Ton Édit , immolant tous les vils intérêts ,
Commande qu'on reſpecte , en tes moindres ſujets ,
Et le nom de Français & la dignité d'Homme :
Il crée un nouveau Peuple au ſein de ton Royaume.

---

(8) Voyez dans Robertſon le récit de la premiere expédition
de Charles - Quint contre Alger. Elle fut heureuſe. Il délivra
près de trente mille Eſclaves chrétiens & les combla de ſes bienfaits. Ils coururent l'Europe en proceſſion. Ce ſpectacle & les
exagérations de ces Captifs contribuerent , dit Robertſon , à
augmenter la célébrité de ce Prince.

Ce Peuple va bénir ton regne paternel,
Entends ses cris, entends l'éloge universel;
Vois la Troupe immortelle, organe de la France,
Dicter pour elle un Hymne à la reconnoissance; (9)
Vois Thémis dans son Temple, étudiant tes loix,
Te donner pour modele aux véritables Rois; (10)
Vois l'Ombre de HENRI s'attendrir à ta vue,
Et tout près de la sienne appeller ta Statue. (11)

Ah! si l'Homme immortel qui sut si bien chanter
La bonté de HENRI que tu fais imiter,
Si VOLTAIRE vivoit! lui dont la voix touchante
Sollicita dix ans cette Loi bienfaisante,
Lui dont la main féconde, à chaque événement,
Pour la Postérité dressoit un monument:
Comme il célebreroit un Roi dont la jeunesse
Accomplit par degrés les plans de la Sagesse!
Comme il s'attendriroit au spectacle d'un Roi
Prodigue pour son Peuple, économe pour soi!
De la France ravie il seroit l'interprête:
Mais VOLTAIRE n'est plus & la terre est muette.

---

(9) L'Académie Française a donné pour sujet du prix de
Poësie de l'année 1780, l'éloge de l'édit chanté dans ce Poëme.
(10) Enrégistrement de l'édit au Parlement de Paris.
(11) Allusion à un projet que l'on vient de donner pour
placer la statue du Roi à côté de celle de Henri IV sur le
Pont Neuf.

Un silence lugubre a remplacé les sons
D'une Lyre fertile en sublimes leçons.
Le Parnasse est couvert d'une nuit éternelle,
Les Muses ont quitté leur demeure immortelle,
Le temple d'Apollon soudain s'est renversé,
Les oracles du Goût ont tout à coup cessé,
Une voix lamentable a fait gémir la scene,
Le fer s'est échappé des mains de Melpomene ;
Le flambeau de l'Histoire a perdu sa clarté ;
La Fiction détruit son Palais enchanté ;
Et la Philosophie a fermé son Lycée,
N'osant plus aux Mortels confier sa pensée.
Déja le Fanatisme enchaîné si long-tems,
En secouant ses fers, ménace les Talens.
De l'Empire des Arts qui défendra l'enceinte ? (12)
Sur leurs Persécuteurs qui tonnera sans crainte ?
Qui saura désormais, d'un bras ferme & hardi,
Arracher le poignard à l'Esprit de parti ;
Aux pieds des Immortels frapper l'Hypocrisie ;
Aux pieds des Souverains frapper la Calomnie ;
De l'Innocent qui meurt, victime d'un soupçon,
Recueillir les soupirs & rétablir le nom ?

---

(12) Cette *enceinte* marque au juste l'idée de l'Auteur de ces vers qui en louant Mr. de Voltaire de tout ce qu'il a fait contre le fanatisme, n'entend point parler de la religion. L'*enceinte* des arts & des sciences quelque étendue qu'elle soit s'arrête là.

Confacré par la gloire & confacré par l'âge,
VOLTAIRE pouvoit feul oppofer fon fuffrage,
Oppofer fon oracle aux cris du genre humain,
Lui feul aux préjugés parloit en Souverain;
Lui feul, accélérant le progrès des lumieres,
Rendit la Vérité, la Raifon, populaires;
Lui feul, plaçant fon fiecle à toute fa hauteur,
Tint un moment la Terre au-deffus de l'Erreur. (13)
Après quatre - vingt ans fon feu duroit encore :
L'éclat de fon Couchant effaça fon Aurore ;
Paris croit voir toujours ce Vieillard merveilleux
Sur fon char de triomphe expirer à fes yeux.
FRÉDÉRIC, fans pofer fon glaive tutélaire, (14)
FRÉDÉRIC a faifi la torche funéraire :
Un grand Roi d'un grand Homme a paré le cercueil,
Et de l'Europe entiere il a conduit le deuil.
Sur le feuil de l'Afie, une Reine fublime,
CATHERINE a voué dans fon cœur magnanime
Un maufolée, un temple au fublime Mortel
Qui fut de tous les Arts Pontife univerfel. (15)

---

(13) Mr. de Voltaire eft celui qui a le plus contribué à décrier l'efprit de fyftême qui a produit tant de vifions & fi peu de vues en philofophie.

(14) On connoît l'éloge de M. de Voltaire fait par le Roi de Pruffe à la tête de fon armée dans le moment qu'il étoit occupé à défendre les intérêts du Corps Germanique.

(15) Le monument que l'Impératrice de Ruffie projette en

Les Vallons du Jura par cent échos funebres
Font retentir le nom qui les rendit célebres ;
L'Etranger qui parcourt les Monts qu'il féconda
Demande ce grand homme aux Cités qu'il fonda ;
L'Humanité plaintive en fanglottant rappelle
Les écrits , les bienfaits qu'il prodigua pour elle ,
Et le Génie en pleurs appelle à fon tombeau
Toutes les Nations qu'éclaire fon flambeau.

Protege mes accents, Ombre que je révere !
La gloire de LOUIS ne t'es point étrangere :
Ton Zele de fa Loi fut l'heureux précurfeur ,
Et LOUIS te permet d'en partager l'honneur.

---

l'honneur de M. de Voltaire , fera le monument littéraire le
plus reculé dans le Nord. Il repréfentera en quelque forte
pour les Arts, les colomnes d'Hercule.

F I N.

Lu & approuvé, conformément aux Statuts & au Privilége de l'Académie Royale des Sciences & Belles-Lettres de Nancy.

www.ingramcontent.com/pod-product-compliance
Lightning Source LLC
Chambersburg PA
CBHW070912200626

46818CB00006BA/2493